地気

CHIKI
SAKAI KOJI

酒井弘司句集

ふらんす堂

目次

Ⅰ　平成二十六年……5
Ⅱ　平成二十七年……27
Ⅲ　平成二十八年……57
Ⅳ　平成二十九年……85
Ⅴ　平成三十年……111
Ⅵ　平成三十一（令和元）年……145
Ⅶ　令和二年……181

あとがき……207
初句索引……209
季語索引……214

句集 地気

I

平成二十六年

天上のシリウス帰途の見えぬ旅

紅梅の空から先に濡れはじむ

早春の空気ぴりりときみの声

山の子は山の言葉できぶし咲く

呪文の二月雄鶏を抱いてゆく

春一番のしっぽについてパスタ屋へ

宇宙のこと友はぽつりと桜の夜

雲雀墜ち一滴の血は地に滲む

横浜　二句

囀りのくすぐったいぞ外人墓地

リア王の叫びいっしゅん新樹立つ

北信濃　七句

長楽寺界隈朴は天へ咲く

千曲川ぐいと南へ麦の秋

北斎の目玉はじける五月闇

高山村、山田の湯

あつあつの朝湯ざんぶり谷若葉

ぶんとくる虻よ一茶の土蔵前

荒凡夫一茶の風かこの薫風

山法師白くぴちぴち眠たいぞ

立夏・小満・芒種天地のはじけくる

土在れば起こし揚羽くれば声かけ

鍬の柄に止まっていたり雨蛙

信州・伊那、木曽　二句

すかんぽの揺れてゆらゆら産土は

どくだみの花のあわあわ馬籠道

かなかなのあい呼び鳴くも穢土のこと

月涼し星のかけらのわれら散り

白いかもめ八月は歩いていった

人遥か光となって銀河濃し

北海道　四句

虫鳴けり屯田兵の声遥か

コタンカムイ耳を澄ましている九月

コタンカムイ――神の鳥

秋風くればえ応えケンとメリーの木

足寄まで秋風を浴び陽を浴びて

吉岡實に馬の詩ひとつ九月くる

立ったまま馬は目ひらき長き夜

山査子の実はワインカラー澄む青春

カシオペア立って歩くこと淋し

いのちきらきら黄葉の大樹きらきら

山茱萸の赤い実はらからのすっぱく

小鳥くる戦火の話などもって

津久井・顕鏡寺、柳原白蓮の墓地で

男四人の小春白蓮に抱かれ

真夜厨房白菜ごろんひとりごと

縄跳びの少女が消える十二月

Ⅱ

平成二十七年

娘ふたりの声のころがる二日かな

大寒や遠く消えゆく子守唄

突き抜ける冬青空よ地球病む

一月の闇イザナミの往きし道

福は内「天に花咲け地に実なれ」

水切りの水はほっこり春の色

海柘榴市（つばいち）のつらつら椿山隠す

海柘榴市——奈良県、三輪付近にあった古代の市場。つばきのいち。

朧の夜樹は立ったまま声もらす

いつ採ってきたのか笊の蕗の薹

春うごく指で突かれてやじろべえ

戦後派と呼ばれし日あり麦青む

花冷えの朝からひびく水の音

片倉城跡公園　二句

囀りの奥より多摩の東歌

スサノオのくしゃみ桜は満開に

飯田線の旅　二句

井月の伊那春風をふくらます

井月――井上井月、越後生まれの放浪俳人。

湯谷の湯をこっそりのぞく朧月

京都・常寂光寺

あめつちのあわいに枝垂れ桜立つ

千本丸太町揺れている雪柳

醍醐寺

ごうごうと水あげている朝桜

この星に生まれいのちのあたたかし

朧なり小さな禽の寝息ひとつ

睡てからも春の満月屋根の上

揚羽きて水の話をしてゆけり

素でいこう素で居るひと日若葉風

和田悟朗さん逝く

海王星よりも遠くへ悟朗さん

土塊のこの世いつまで青葉木菟

北茨城　二句

暗緑の勿来みどりは北に展け

六角堂

真向えば夏の怒濤はどんとくる

福島・東日本大震災の地へ　八句

壊れた土地いくつぺんぺん草の道

鎮魂の海浜昼顔はなにも言わず

「東日本大震災ここまで」とあり揚羽の道

がらんどうの窓から入る若葉風

死者生者息をひそめる緑の夜

富岡駅消え夏つばめ宙に消え

まぼろしか土間に突っこむ軽トラック

夏海は死者の声渚に少女二人

地に墜ちてにんげん歩く薄暑なり

隕石に乗って帰還す夏の夢

山梨　二句

のうぜんの花は地の霊甲斐の国

木霊いくつヤマトタケルの青山河

信州・早太郎温泉

山の湯にあさぎまだらの来て止まる

青梅雨の孤島に一つわが詩魂

サルトルはむかしの話青嵐

群れて立たず一撃ひびく朝の蟬

もぎたてのトマト両手に匂い立つ
モロヘイヤ摘みこおろぎを聴いている

秋光るわれも宇宙の一粒子

寝ておればがちゃがちゃがきて鳴きはじむ

水の秋人歩き木は直立す

信州・伊那

朝霧の大きくうねるはらから散り

にんげんは水の塊影を曳く

冬満月裏山おうと歩きくる

凡人のひと日は疾し枇杷の花

十二月ながい影曳く地球人

神奈川・大井、中屋敷遺跡

乳房二つ土偶は冬へ口ひらく

にっぽん危うしバリバリと踏む霜柱

Ⅲ

平成二十八年

立ち止まることも大事と三日かな

春よ来い一番星に乗って来い

紅梅やきのうの鬼は消えて居ず

春立てり青い地球よわれも光り

シベリウス川は流れて春の水

大きな海よ差別こえゆく春の海よ

この世聴く目をみひらいて雛の顔

なに叫ぶ小さな声のクロッカス

千穂、出産　三月八日

天を突き地を突くややの春の顔

朝桜けものの匂い遠ざかる

サリンジャー亡し青麦に澄む青春

たとうればイエスは辛夷釈迦は花

神奈川・山北　二句

山気ながれ夜桜は水の塊

夜空ふかく満開の桜帯電す

春キャベツ笑いはじける皿の上

囀りの大地に隠れ活断層

春うごくエリック・サティの曲ながれ
人は海へ、人類はどこへゆく春か

若葉風胸いっぱいに受けて立つ

短夜は星にねがいの届くほど

富士山本宮浅間大社　三句

夏雲に隠れコノハナサクヤヒメ

夏鳥居くぐれば誰も富士の人

手に掬う富士伏流水光のつぶ

三保の松原

天人は留守夏兆す水平線

信州・蓼科　二句

山懐に寝てびっしょりの緑夜

青山河声を挙げねばわれ在らず

灯が一つ消えまた一つ緑夜かな

太陽系の外から届く水の音

百日紅わが血いつより父に似る

おかとらのお尾っぽは風に揺れやまず

少年の脚よりながき鬼薊
八月のかもめは海へ白く消え

等高線いくつまがってきた秋か

虫の音を踏まないように闇の道

手で掬う真水のひかり白露くる

鳥影のいっしゅん北へ水澄めり

禽獣のまなこ澄みゆく露の山

しんがりを仔猫つきゆく十三夜

鶏頭の燃え立つ朝を生きてわれ

福島・裏磐梯　三句

智恵子の安達太良どこまでも紅燃えて立つ

じゅんさいの沼にひとひら舞う黄葉

熊の目のおおきく滲む山の沼

道化師が消す立冬の影ひとつ

飛ぶ電波見えず勤労感謝の日

竜の玉もっとかがやく日もあれよ

十二月海を見に来てベラと居る

大分・臼杵　五句

山頭火に「しぐるるや石を刻んで仏となす」の句あれば、

しぐれ去りまなこをひらく磨崖仏

かぼす絞りかますにかけて夕餉とす

糯の木の赤い実臼杵の朝ながれ

甚吉坂曲がって胸にどんと北風

野上弥生子の臼杵だれも冬の影

Ⅳ

平成二十九年

次女の弾くピアノはじける二日かな

春立てり地下水脈のひびく音

地のわれら春のシリウス光放つ

稲垣愛さん　九十六歳を祝す

白梅紅梅そして愛さん誕生日

春の雪消えない記憶二つ三つ

三月十日過ぎ十一日光の中

辛夷ほうと天上へ声あげており

千年の闇少年は春を抱き

おおいぬのふぐりは諫めたりはせず

桜東風武蔵より多摩ひとっ飛び

放射能みえず桜はきょう三分

飯田香乃に

十五の春よ大空に手をふれて

二人棲む家をのぞいて山ざくら

山桐咲くきのうの少女きょうのきみ

ほどほどがよし朝からの若葉風

鈴木豊一さん逝く

裏山をひとまわりして青葉木菟

城ヶ島　三句

夏かもめ白秋の海掠め飛ぶ

潮騒を消して五月の男来る

とべらの花よ雨といっしょに濡れている

信州・穂高

熱燗を一本わさびの花おひたし

でいらぼっちの足跡ひとつ麦の秋

信州・伊那　五句

呼べば応えるこだまは幾重青信濃

青田はや南へひらけ伊那の空

産土の夜蛙地べたよりひびく

青田風弟と立つ蔵の前

青胡桃信濃はふかき父母の空

牛蛙一声鳴いてあと言わず

なぜかポツリ嫁入りという狐雨

一本道は危うし夏の道裂かれ

郡上八幡

円空の美濃どこまでも青木霊

星の子となって飛び跳ぶ晩夏光

誕生日

長崎忌わが生まれしは朝のこと

鳥の目はなにを見ている敗戦日

八月忌地底より湧く死者の声

大木の影にわが影九月かな

高尾山口へ、赤塚一犀さんと

生死のこととめどなくあり秋暑し

カンナ燃ゆまっすぐに立てわが叛旗

銀河澄む争う星はひとりぼっち

月光のわが影この世淡く濃く

核の世の十五夜兎なにをみる

高尾山　二句

どんぐり落ち縄文人の遠い声

天狗山むささびはまだ寝ているか

黄落の地上どこまでも壊れ

遠ざかる櫂の音いくつ天の川

烏瓜揺れ万有引力は知らず

吊革のだれもが揺られ開戦日

みな西へかたむき歩む枇杷の花

裏山のふくろう山へ来いという

V

平成三十年

太郎月あがって狐もう寝たか

永遠が貌だしているコーヒー店

鶴女房の絵本を抱いて冬ごもり

俳諧自由地べたを跳んで冬の穴

金子兜太先生、逝去　二月二十日

きぶしの黄よ兜太先生の返歌

天命という言葉ふと二月尽く

金平糖コロコロ口に朝桜

草青む呼ばれて一歩また一歩

神奈川・山北の桜並木　四句

桜狂いの十人あちらこちらより

いっぱいが二はい三ばい春寒し

夕桜明かりをつけて御殿場線

夕ざくら曲がって奔る水の音

洒水の滝　二句

文覚の一喝春の滝おちる

湧水を一杯いのちつなぐ朝

青墨の墨のひろがり夕ざくら

春の水からだいっぱいひろがりぬ

穀雨なり鍬にもたれていっぷくす

きょう生きて山吹の黄に会うよ

こどもの日柱の傷をだれも見ず

朴の花ことばをもたぬこと羨し

栃木・下野　五句

どくだみ揺れ栃木は雨のたましい

鶯を土蔵に隠し蔵の街

麦の秋縄文人の土匂う

卯の花やまだ見ぬものの多かりき

室の八島、加藤楸邨に「青豆のやう手のひらの雨蛙」の句あり。

ひと跳びにくる下野の雨蛙

どくだみ白し青春の旗遠く遠く

紗菜ちゃんと呼んで蛍をみにゆく夜

あじさいの毬に隠れて少女の目

六月二十二日、金子兜太先生お別れの会、有楽町朝日ホール。

泰山木白し先生お別れ会の帰途

大きな木蟬といっしょに深呼吸

若狭・小浜、丹波　四句

若狭少女青嵐に乗り水の精

羽賀寺

十一面観音とかなかなに呼ばれ

丹波には丹波のみどり旅三日

合歓の花志乃と山陰線に揺れ

傘寿

此の世へと母の大きなおくりもの

大樹と少年にらめっこの兜虫

夏の月ゆらゆらわたし寝てゆらゆら

かくれんぼ八月の鬼海に消えず

八月ゆく白紙一枚だけ残る

泥の手を水で洗って夕かなかな

ひと休みの畦かまきりとにらめっこ

秩父・皆野へ　五句

やぶらんそよそよ秩父への一本道

おおかみの遠吠え木霊の青山河

曼珠沙華農民一揆のゆきし道

秩父晩夏椋神社へつづく道

秋の蟬両神山は雲に隠れ

兎の目よりも大きく十三夜

野の花のようになれたらまた一歩

信州・伊那　三句

蕎麦掻きを一口ふくむ伊那は秋

産土の地底より湧く昼の虫

竜の子太郎天竜は秋光をながし

上高地　三句

どこか秋自然派つどう山の旅舎

嘉門次小屋イワナ焼く匂いの秋

壊れゆく秋をひろって渚の人

どこまでも道どこまでも秋の道

ハロウィーン南瓜はどこかさみしそう

称名寺　二句

いっしゅんの百舌鳥金沢文庫裏暗し

柊の花海鳴りは遠く近く

かりがねのいくたび西へ滲む空

初冬の海鯨が涙ながした日

海辺の雫は十二月の灯かり

地に墜ちて天使の裔か竜の玉

函館　二句

ポインセチア春楡の樹は暮れました

八幡坂くだり冬至の海に会う

Ⅵ

平成三十一（令和元）年

初御空マリーローランサンの青

人歩きくる寒林の影を曳き

待つことのたのしさ春を待ちながら

宇宙から寺田寅彦山眠る

秦野・震生湖

あかんべえ鬼ふりかえる春の山

ベケットに

春立てりあしたゴドーに会えますか

水郷　田名

田の神を畦に待たせて桜二分

異星人まぎれていたり桜の夜

万座温泉

山の湯につかる狐はもう寝たか

残雪の浅間いのち惜しめよと

野遊びの一人は空へ跳びあがり
どこへゆく七十六億人地球の春

木の囁き水の囁き春うごく

伊勢原・日向薬師へ

ながらえて卯の花はさやさや揺れ

鎌倉　三句

実朝の墓の前より黒揚羽

青梅ころりん寿福寺のほそい道

どくだみそよと扇ヶ谷踏切越え

どこまでが帰途青梅雨の道ながし

戦後遠しどくだみの線路跨ぐとき

六月のかもめを抱いて来る少年

短夜や朝につながる夢ひとつ

東より人きて話す半夏生

だれも影もたずに歩むカフカの忌
ひとつぶの青葡萄手にここまで生き

鳥になれず少年歩く夏の朝

山百合をゆさゆさ抱いて朝の人

星涼しこの世の人は灯をともす

田村書店の主人が来たり秋立つ日

青ばったバケツの底へ跳びこめり

鎮魂の八月いのちきゅっと抱く

流れ星南へみんな夢の中

白露きて透きとおりゆく水の影

北海道　七句

九月のかもめ海鳴りは宗谷の岬

どこまでも海どこまでも秋の空

礼文島の秋夕日知らぬまに沈む

音威子府(おといねっぷ)駅へ北風に押され

旭川は霧の町ななかまどの実る街

六花山荘の秋の木々スープさめぬうちに

こおろぎ鳴くセブンスターの木の大地

青森　五句

津軽少女秋風に乗り大地に乗り

鶴は田に津軽縄文の匂い

みちのくの火祭跳んであとは秋

酸ヶ湯

千人風呂ぷくぷく沈む秋の暮

弘前の秋空寺山修司亡し

朝採りは二つ万願寺唐辛子

影踏んで踏まれて帰る十三夜

かなしみは秋の瞳のむこうから

小鳥くる大きな涙ひとつ連れ

黄落の夜どおし土にひびく音

神保町古書の匂いの冬に入る

高幡不動　二句

立冬の不動明王多摩に立つ

十一月天より降りてくる手紙

開戦日足音遠く近くあり

冬天の光キリストより青く

信州・遠山郷、霜月祭り　十四句

えいほうと竹曳いてくる山の民

呼べば木霊鬼も隠れる遠山郷

オルガンひびく廃校の冬廊下

冬至近し湯気にふわふわ氏子衆

遠つ神呼び合う声に冬日射す

しぐれ来るか秋葉街道すぐ暮れる

氏子舞う大きく冬の夜を呼び
トントンと闇夜ふるわせ祈る禰宜

天から降りてきた神と舞う冬夜

禽獣は寝たか闇夜の神楽笛

ヤッセーヤッセー鬼投げ返す山の民

人が人押し分け押し合うこの猥雑

谷底の闇をひきさく祭りの灯

湯立ての炎もらって闇へ一歩出る

Ⅶ

令和二年

熊野より干物が届く三日かな

パソコンに指ふれている筆始

せり・なずな土の匂いも粥の中

大寒や太く生きよと天の声

冬オリオンきのうの一歩きょうの二歩

葱刻む音のきこえる二階まで

九谷焼の皿にふきのとう三つ

嚙めばぷーんと天麩羅のふきのとう

兜太先生遠く声する二月かな

鳥帰るこうろこうろと人は立ち

春の蟻走りコロナなど知らず

かくばかり淋しき春の揺れており

人類はどこへ漕ぎゆく春の海

草も木も人も息して生きる地球

橋わたりきって八十八夜かな

薫風にむかって歩む朝もある

夢ひとつ手のひらに乗せ若葉風

新しい人若葉の光つれてくる

どくだみの闇どこまでも沖縄忌

とんがったことなど忘れ若葉風

カシオペア滲むハンザキの大きな目

青柚子へきゅんとつっぱる少女の目

朝から蟬ヒロシマのながい一日

八月十五日、一本の道つづきつづく

かなかなかなかな谷戸の灯りまた一つ

白鳥座見あげて歩く夜もある

露草の朝の力をもらいけり

九月一日風に立ってる小さな子

つくつくぼうしいのち惜しめということか

みな土に還ってゆけり草は実に

風呂敷をひろげて包むけさの秋

目つむれば風、新涼とおもう

鬼やんま飛びこんでくる小海線

消えた村畦いちめんの曼珠沙華

金木犀まっすぐに来る異邦人

きゅっと絞るカボスの香り臼杵の香り

八木重吉忌日

茶の花忌歩けば長い影を曳く

山りんどう地を這って地に光撒き

冬眠の蝦蟇にも届け不戦の声

冬影を曳く逃散の五、六人

冬天の星の光をうけて寝る

冬銀河イマジンのうた今を問う

冬銀河死は遠くとも近くとも

十二月木は立ったまま星に会う

『地気』畢

あとがき

句集『地気』は、『谷戸抄』につづく第九句集である。平成二十六年から令和二年までの七年間の三七一句を収録。七十代の後半から八十代初頭の作品である。その多くは俳誌「朱夏」に発表したもの。この間、旅もしたので旅中の句も多い。

句集名の「地気」は、辞書をひもとくと、「動植物をはぐくむ大地の精気」とある。北丹沢の鄙びた谷戸に長らく棲んで、見えないが天地間を充たすもの、その精気の働きに惹かれてきた。

その谷戸を、くまなく歩き、ときに畑を耕して俳句にしてきた。今は、この七年間の軌跡をよしとしたい。

令和三年三月二十日

蜩谷山房で

酒井弘司

著者略歴

酒井弘司（さかい・こうじ）

昭和13年、長野県に生まれる。
同人誌「歯車」「零年」「ユニコーン」に参加。
「自鳴鐘」「寒雷」に投句。
昭和37年「海程」創刊同人。
平成６年「朱夏」創刊、主宰。
現代俳句協会会員　日本文藝家協会会員

句集『蝶の森』（昭和36年、霞ケ関書房）
『逃げるボールを追って』（昭和40年、私家版）
『朱夏集』（昭和53年　端渓社）
『酒井弘司句集』（昭和55年、海程新社）
『ひぐらしの塀』（昭和57年、草土社）
『青信濃』（平成５年、富士見書房）
『酒井弘司句集』（平成９年、ふらんす堂）
『地霊』（平成12年、ふらんす堂）
『谷風』（平成21年、津軽書房）
『谷戸抄』（平成26年、ふらんす堂）
シリーズ自句自解Ⅱベスト100『酒井弘司』（令和元年、ふらんす堂）
評論『現代俳人論』（昭和63年、沖積舎）
『金子兜太の100句を読む』（平成16年、飯塚書店）
『寺山修司の青春俳句』（平成19年、津軽書房）
随想『蜩谷山房雑記』（平成23年、草土社）

現住所　〒252-0153　神奈川県相模原市緑区根小屋2739-149

●初句索引

あ行

青梅ころりん 一五四
青胡桃 九九
青山河 七一
青墨の 一二〇
青田風 九九
青田はや 九八
青梅雨の 四九
青ばった 一六一
青柚子へ 一九三
あかんべえ 一四九
秋風くれば 一二一
秋の蝉 一三五
秋光る 五二
揚羽きて 四〇
朝から蝉 一九四
朝霧の 五三
朝桜 六三
朝採りは 一六九
旭川は 一六五
あじさいの 一二六
足寄まで 二一
新しい人 一九一
あつあつの 一三
熱燗を 九六
あめつちの 三七
荒凡夫 一四
暗緑の 四二
異星人 一五〇
一月の 三〇
いっしゅんの百舌鳥 一四一
いつ採って 三三
いっぱいが 一一七
一本道は 一〇一
いのちきらきら 二四
隕石に 四七
鶯を 一二三
兎の目 一三六
牛蛙 一〇〇
氏子舞う 一七七
宇宙から 一四八
宇宙のこと 一〇
卯の花や 二二四
産土の
—夜蛙地べた 九八
—地底より湧く 一三七
海辺の雫は 一四三
裏山の 二一〇
裏山を 九四
永遠が 一一三
えいほうと 一七四
円空の 一〇一
おおいぬの 九一
おおかみの 一三四
大きな海よ 六一
大きな木 一二七
おかとらのお 七三
音威子府 一六四
男四人の 二五
鬼やんま 一九九
朧なり 三九
朧の夜 三二
オルガンひびく 一七五

か行

海王星 四一
開戦日 一七三
核の世の 一〇六
かくばかり 一八八
かくれんぼ 一三一
影踏んで 一六九
カシオペア
—立って歩く 二三
—滲むハンザキの 一九三
かなかなかな 一九五
かなかなの 一八
かなしみは 一七〇
かぼす絞り 八二
嚙めばぷーんと 一八六

嘉門次小屋　一三九
烏瓜揺れ　一〇九
がらんどうの　四四
かりがねの　一四二
カンナ燃ゆ　一〇五
消えた村　一九九
木の囁き　一五三
きぶしの黄よ　一一五
きゅっと絞る　二〇〇
きょう生きて　一二一
銀河澄む　一〇五
禽獣の　七七
禽獣は　一七八
金木犀　二〇〇
九月一日　一九六
九月のかもめ　一六三
草青む　一一六
草も木も　一八九
九谷焼の　一八六
熊の目の　七九
熊野より　一八三
鍬の柄に　一六
薫風に　一九〇
鶏頭の　七八
月光の　一〇六
ごうごうと　三八
紅梅の　七
紅梅や　六〇
黄落の
　—地上どこまでも　一〇八
　—夜どおし土に　一七一
こおろぎ鳴く　一六六
穀雨なり　一二一
木霊いくつ　四八
コタンカムイ　二〇
こどもの日　一二一
小鳥くる
　—戦火の話　二五
　—大きな涙　一七〇
この星に　三八
この世聴く　六二
此の世へと　一三〇
辛夷ほうと　九〇
壊れた土地　四三
壊れゆく　一三九
金平糖　一一六

さ行

囀りの
　—くすぐったいぞ　一一
　—奥より多摩の　三五
　—大地に隠れ　六六
桜狂いの　一一七
桜東風　九一
紗菜ちゃんと　一二六
実朝の　一五四
サリンジャー　六四
サルトルは　五〇
三月十日　八九
山気ながれ　六五
山査子の　二三
山茱萸の　二四
残雪の　一五一
潮騒を　九五
しぐれ来るか　一七六
しぐれ去り　八二
死者生者　四五
次女の弾く　八七
シベリウス　六一
十一月　一七二
十一面観音と　一二八
十五の春よ　九二
十二月
　—ながい影曳く　五五
　—海を見に来て　八一
　—木は立ったまま　二〇四
呪文の二月　九
じゅんさいの　七九
生死のこと　一〇四
少年の　七四
初冬の海　一四二
白いかもめ　一九
しんがりを　七七
甚吉坂　八三
神保町　一七一
人類は　一八九
すかんぽの　一七
スサノオの　三五
素でいこう　四〇
井月の　三六
せり・なずな　一八四
戦後遠し　一五六
戦後派と　一三四
千人風呂　一六八

千年の　九〇
千本丸太町　三七
早春の　八
蕎麦掻きを　一三七

た行

大寒や
—遠く消えゆく　二九
—太く生きよと　一八四
泰山木白し　一二七
大樹と少年　一三〇
大木の　一〇四
太陽系の　七二
立ち止まる　五九
立ったまま　二二
竜の子太郎　一三八
たとうれば　六四
谷底の　一八〇
田の神を　一五〇
田村書店の　一六〇
だれも影　一五八
太郎月　一一三
丹波には　一二九
智恵子の安達太良　七八
千曲川　一二
秩父晩夏　一三五
地に墜ちて
—にんげん歩く　四七
—天使の裔か　一四三
地のわれら　八八
乳房二つ　五六
茶の花忌　二〇一
長楽寺　一二
鎮魂の　一六一
鎮魂の海　四三
津軽少女　一六六
月涼し　一八
突き抜ける　三〇
つくつくぼうし　一九七
土在れば　一六
土塊の　四一
海柘榴市の　三二
露草の　一九六
吊革の　一〇九
鶴女房の　一一四
鶴は田に　一六七
でいらぼっちの　九七
手で掬う　七六
手に掬う　七〇
天から降りて　一七八
天狗山　一〇七
天上の　七
天人は　七〇
天命と　一一五
天を突き　六三
道化師が　八〇
等高線　七五
冬至近し　一七五
兜太先生　一八七
冬天の
—光キリスト　一七三
—星の光を　二〇三
冬眠の　二〇二
遠ざかる　一〇八
遠つ神　一七六
どくだみ白し　一二五
どくだみそよと　一五五
どくだみの
—花のあわあわ　一七
—闇どこまでも　一九二
どくだみ揺れ　一二三
どこか秋　一三八
どこへゆく　一五二
どこまでが　一五五
どこまでも
—道どこまでも　一四〇
—海どこまでも　一六三
飛ぶ電波　八〇
とべらの花よ　九六
富岡駅　四五
鳥帰る　一八七
鳥影の　七六
鳥になれず　一五九
鳥の目は　一〇三
泥の手を　一三二
とんがった　一九二
どんぐり落ち　一〇七
トントンと　一七七

な行

長崎忌　一〇二
ながらえて　一五三
流れ星　一六二
なぜかポツリ　一〇〇
夏海は　四六
夏かもめ　九五

夏雲に　六九
夏鳥居　六九
夏の月　一三一
なに叫ぶ　六二
縄跳びの　二六
にっぽん危うし　五六
にんげんは　五四
葱刻む　一八五
寝ておれば　五二
睡てからも　三九
合歓の花　一二九
野遊びの　一五二
のうぜんの　四八
野上弥生子の　八四
野の花の　一三六

は行

俳諧自由　一一四
白鳥座　一九五
白梅紅梅　八八
白露きて　一六二
橋わたり　一九〇
パソコンに　一八三
八月忌　一〇三
八月十五日、　一九四
八月の　七四
八月ゆく　一三二
八幡坂　一四四
初御空　一四七
花冷えの　三四
春一番の　九
春うごく
—指で突かれて　三三
—エリック・サティの　六七
春キャベツ　六六
春立てり
—青い地球よ　六〇
—地下水脈の　八七
—あしたゴドーに　一四九
春の蟻　一八八
春の水　一二〇
春の雪　八九
春よ来い　五九
ハロウィーン　一四〇
柊の花　一四一
「東日本大震災　四四
東より　一五七
灯が一つ　七二
人歩きくる　一四七
人が人　一七九
ひとつぶの　一五八
ひと跳びに　一二五
人は海へ、　六七
人遥か　一九
ひと休みの　一三三
雲雀墜ち　一〇
百日紅　七三
弘前の　一六八
福は内　三一
二人棲む　九三
冬オリオン　一八五
冬影を　二〇二
冬銀河
—イマジンのうた　二〇三
—死は遠くとも　二〇四
冬満月　五四
風呂敷を　一九八
ぶんとくる　一一四
ポインセチア　一四四
放射能　九二
朴の花　一二二
北斎の　一一三
星涼し　一六〇
星の子と　一〇二
ほどほどが　九四
凡人の　五五

ま行

待つことの　一四八
まぼろしか　四六
真向えば　四二
真夜厨房　二六
曼珠沙華　一三四
短夜は　六八
短夜や　一五七
水切りの　三一
水の秋　五三
みちのくの　一六七
みな土に　一九七
みな西へ　一一〇
麦の秋　一二四
虫鳴けり　二〇
虫の音を　七五
娘ふたりの　二九
群れて立たず　五〇
目つむれば　一九八

もぎたての　五一
糯の木の　八三
モロヘイヤ　五一
文覚の　一一九

や行

ヤッセーヤッセー　一七九
やぶらんそよそよ　一三三
山桐咲く　九三
山の子は　八
山の湯に
—あさぎまだらの　四九
—つかる狐は　一五一
山懐に　七一
山法師　一一五
山百合を　一五九
山りんどう　二〇一
夕桜　一一八
夕ざくら　一一八
湧水を　一一九
湯立ての炎　一八〇
夢ひとつ　一九一
湯谷の湯を　一三六
吉岡實に　一二
夜空ふかく　六五
呼べば応える　九七
呼べば木霊　一七四

ら行

リア王の　一一
立夏・小満　一一五
立冬の　一七二
竜の玉　八一
礼文島の　一六四
六月の　一五六
六花山荘の　一六五

わ行

若狭少女　一二八
若葉風　六八

季語索引

あ行

青嵐【あおあらし】（夏）
サルトルはむかしの話青嵐　五〇
若狭少女青嵐に乗り水の精　一二八
青梅【あおうめ】（夏）
青梅ころりん寿福寺のほそい道　一五四
青胡桃【あおくるみ】（夏）
青胡桃信濃はふかき父母の空　九九
青田【あおた】（夏）
青田はや南へひらけ伊那の空　九八
青田風弟と立つ蔵の前　九九
青梅雨【あおつゆ】（夏）
青梅雨の孤島に一つわが詩魂　四九
どこまでが帰途青梅雨の道ながし　一五五
青葉木菟【あおばずく】（夏）
土塊のこの世いつまで青葉木菟　四一
裏山をひとまわりして青葉木菟　九四
青葡萄【あおぶどう】（夏）
ひとつぶの青葡萄手にここまで生き　一五八
青麦【あおむぎ】（春）
戦後派と呼ばれし日あり麦青む　三四
サリンジャー亡し青麦に澄む青春　六四
青柚【あおゆ】（夏）
青柚子へきゅんとつっぱる少女の目　一九三
秋【あき】（秋）
秋光るわれも宇宙の一粒子　五二
等高線いくつまがってきた秋か　七五
蕎麦掻きを一口ふくむ伊那は秋　一三七
どこか秋自然派つどう山の旅舎　一三八
嘉門次小屋イワナ焼く匂いの秋　一三九
壊れゆく秋をひろって渚の人　一三九
どこまでも道どこまでも秋の道　一四〇
六花山荘の秋の木々スープさめぬうちに　一六五
みちのくの火祭跳んであとは秋　一六七
かなしみは秋の瞳のむこうから　一七〇
秋薊【あきあざみ】（秋）
少年の脚よりながき鬼薊　七四
秋風【あきかぜ】（秋）
秋風くればば応えケンとメリーの木　一一

足寄まで秋風を浴び陽を浴びて　二
津軽少女秋風に乗り大地に乗り　一六六
秋の暮【あきのくれ】（秋）
千人風呂ぷくぷく沈む秋の暮　一六八
秋の蟬【あきのせみ】（秋）
秋の蟬両神山は雲に隠れ　一三五
秋の空【あきのそら】（秋）
どこまでも海どこまでも秋の空　一六三
弘前の秋空寺山修司亡し　一六八
秋の日【あきのひ】（秋）
礼文島の秋夕日知らぬまに沈む　一六四
秋の星【あきのほし】（秋）
白鳥座見あげて歩く夜もある　一九五
秋の水【あきのみず】（秋）
水の秋人歩き木は直立す　五三
紫陽花【あじさい】（夏）
あじさいの毬に隠れて少女の目　一二六
暖か【あたたか】（春）
この星に生まれいのちのあたたかし　三八
虻【あぶ】（春）
ぶんとくる虻よ一茶の土蔵前　一四
雨蛙【あまがえる】（夏）
鍬の柄に止まっていたり雨蛙　一六
ひと跳びにくる下野の雨蛙　一二五
天の川【あまのがわ】（秋）
人遥か光となって銀河濃し　一九
銀河澄む争う星はひとりぼっち　一〇五
遠ざかる櫂の音いくつ天の川　一〇八
碇星【いかりぼし】（秋）
カシオペア立って歩くこと淋し　三
泉【いずみ】（夏）
湧水を一杯いのちつなぐ朝　一一九
一月【いちがつ】（冬）
一月の闇イザナミの往きし道　三〇
犬ふぐり【いぬふぐり】（春）
おおいぬのふぐりは諫めたりはせず　九一
鶯【うぐいす】（春）
鶯を土蔵に隠し蔵の街　一三三
牛蛙【うしがえる】（夏）
牛蛙一声鳴いてあと言わず　一〇〇
卯の花【うのはな】（夏）
卯の花やまだ見ぬものの多かりき　一二四
ながらえて卯の花はさやさや揺れ　一五三

梅【うめ】（春）
白梅紅梅そして愛さん誕生日　八八
沖縄忌【おきなわき】（夏）
どくだみの闇どこまでも沖縄忌　一九二
朧【おぼろ】（春）
朧の夜樹は立ったまま声もらす　三三
朧なり小さな禽の寝息ひとつ　三九
朧月【おぼろづき】（春）
湯谷の湯をこっそりのぞく朧月　三六
オリオン【おりおん】（冬）
冬オリオンきのうの一歩きょうの二歩　一八五

か行

書初【かきぞめ】（新年）
パソコンに指ふれている筆始　一八三
神楽【かぐら】（冬）
禽獣は寝たか闇夜の神楽笛　一七八
カフカ忌【かふかき】（夏）
だれも影もたずに歩むカフカの忌　一五八
兜虫【かぶとむし】（夏）
大樹と少年にらめっこの兜虫　一三〇
南瓜【かぼちゃ】（秋）
ハロウィーン南瓜はどこかさみしそう　一四〇
烏瓜【からすうり】（秋）
烏瓜揺れ万有引力は知らず　一〇九
雁【かり】（秋）
かりがねのいくたび西へ滲む空　一四二
蛙【かわず】（春）
産土の夜蛙地べたよりひびく　九八
カンナ【かんな】（秋）
カンナ燃ゆまっすぐに立てわが叛旗　一〇五
寒林【かんりん】（冬）
人歩きくる寒林の影を曳き　一四七
北風【きた】（冬）
甚吉坂曲がって胸にどんと北風　八三
音威子府駅へ北風に押され　一六四
狐【きつね】（冬）
太郎月あがって狐もう寝たか　一三三
山の湯につかる狐はもう寝たか　一五一
木五倍子の花【きぶしのはな】（春）
山の子は山の言葉できぶし咲く　八
きぶしの黄よ兜太先生の返歌　一一五

霧【きり】（秋）
朝霧の大きくうねるはらから散り　五三
桐の花【きりのはな】（夏）
山桐咲くきのうの少女きょうのきみ　九三
勤労感謝の日【きんろうかんしゃのひ】（冬）
飛ぶ電波見えず勤労感謝の日　八〇
九月【くがつ】（秋）
コタンカムイ耳を澄ましている九月　二〇
吉岡實に馬の詩ひとつ九月くる　二二
大木の影にわが影九月かな　一〇四
九月のかもめ海鳴りは宗谷の岬　一六三
草青む【くさあおむ】（春）
草青む呼ばれて一歩また一歩　一一六
草いきれ【くさいきれ】（夏）
草も木も人も息して生きる地球　一八九
草の花【くさのはな】（秋）
野の花のようになれたらまた一歩　一三六
草の実【くさのみ】（秋）
みな土に還ってゆけり草は実に　一九七
轡虫【くつわむし】（秋）
寝ておればがちゃがちゃがきて鳴きはじむ　五二

熊【くま】（冬）
熊の目のおおきく滲む山の沼　七九
クロッカス【くろっかす】（春）
なに叫ぶ小さな声のクロッカス　六二
薫風【くんぷう】（夏）
荒凡夫一茶の風かこの薫風　一四
薫風にむかって歩む朝もある　一九〇
鶏頭【けいとう】（秋）
鶏頭の燃え立つ朝を生きてわれ　七八
原爆の日【げんばくのひ】（夏）
長崎忌わが生まれしは朝のこと　一〇二
紅梅【こうばい】（春）
紅梅の空から先に濡れはじむ　七
紅梅やきのうの鬼は消えて居ず　六〇
黄葉【こうよう】（秋）
いのちきらきら黄葉の大樹きらきら　二四
じゅんさいの沼にひとひら舞う黄葉　七九
黄落【こうらく】（秋）
黄落の地上どこまでも壊れ　一〇八
黄落の夜どおし土にひびく音　一七一
蟋蟀【こおろぎ】（秋）
モロヘイヤ摘みこおろぎを聴いている　五一

こおろぎ鳴くセブンスターの木の大地　一六六
五月【ごがつ】（夏）
潮騒を消して五月の男来る　九五
穀雨【こくう】（春）
穀雨なり鍬にもたれていっぷくす　一三一
東風【こち】（春）
桜東風武蔵より多摩ひとっ飛び　九一
子供の日【こどものひ】（夏）
こどもの日柱の傷をだれも見ず　一三三
小鳥【ことり】（秋）
小鳥くる戦火の話などもって　二五
小鳥くる大きな涙ひとつ連れ　一七〇
木の実【このみ】（秋）
山査子の実はワインカラー澄む青春　二三
小春【こはる】（冬）
男四人の小春白蓮に抱かれ　二五
辛夷【こぶし】（春）
たとうればイエスは辛夷釈迦は花　六四
辛夷ほうと天上へ声あげており　九〇

さ行

囀【さえずり】（春）
囀りのくすぐったいぞ外人墓地　二一
囀りの奥より多摩の東歌　三五
囀りの大地に隠れ活断層　六六
桜【さくら】（春）
スサノオのくしゃみ桜は満開に　三五
ごうごうと水あげている朝桜　三八
朝桜けものの匂い遠ざかる　六三
夜空ふかく満開の桜帯電す　六五
放射能みえず桜はきょう三分　九二
金平糖コロコロ口に朝桜　一一六
桜狂いの十人あちらこちらより　一一七
夕桜明かりをつけて御殿場線　一一八
夕ざくら曲がって奔る水の音　一一八
青墨の墨のひろがり夕ざくら　一二〇
田の神を畦に待たせて桜二分　一五〇
五月闇【さつきやみ】（夏）
北斎の目玉はじける五月闇　一三
百日紅【さるすべり】（夏）
百日紅わが血いつより父に似る　七三

山茱萸の花【さんしゅゆのはな】（春）
山茱萸の赤い実はらからのすっぱく　二四
残暑【ざんしょ】（秋）
生死のこととめどなくあり秋暑し　一〇四
山椒魚【さんしょううお】（夏）
カシオペア滲むハンザキの大きな目　一九三
残雪【ざんせつ】（春）
残雪の浅間いのち惜しめよと　一五一
時雨【しぐれ】（冬）
しぐれ去りまなこをひらく磨崖仏　八二
しぐれ来るか秋葉街道すぐ暮れる　一七六
枝垂桜【しだれざくら】（春）
あめつちのあわいに枝垂れ桜立つ　三七
霜柱【しもばしら】（冬）
にっぽん危うしバリバリと踏む霜柱　五六
十一月【じゅういちがつ】（冬）
十一月天より降りてくる手紙　一七二
秋色【しゅうしょく】（秋）
竜の子太郎天竜は秋光をながし　一三八
終戦記念日【しゅうせんきねんび】（秋）
鳥の目はなにを見ている敗戦日　一〇三
八月十五日、一本の道つづきつづく　一九四
十二月【じゅうにがつ】（冬）
縄跳びの少女が消える十二月　二六
十二月ながい影曳く地球人　五五
十二月海を見に来てベラと居る　八一
海辺の雫は十二月の灯かり　一四三
十二月木は立ったまま星に会う　二〇四
十二月八日【じゅうにがつようか】（冬）
吊革のだれもが揺られ開戦日　一〇九
開戦日足音遠く近くあり　一七三
十薬【じゅうやく】（夏）
どくだみの花のあわあわ馬籠道　一七
どくだみ揺れ栃木は雨のたましい　一三三
どくだみ白し青春の旗遠く遠く　一二五
どくだみそよと扇ヶ谷踏切越え　一五五
戦後遠しどくだみの線路跨ぐとき　一五六
春光【しゅんこう】（春）
水切りの水はほっこり春の色　三
震災記念日【しんさいきねんび】（秋）
九月一日風に立ってる小さな子　一九六
新樹【しんじゅ】（夏）
リア王の叫びいっしゅん新樹立つ　一一

新涼【しんりょう】（秋）
目つむれば風、新涼とおもう　一九八
新緑【しんりょく】（夏）
暗緑の勿来みどりは北に展け　四二
死者生者息をひそめる緑の夜　四五
山懐に寝てびっしょりの緑夜　七一
灯が一つ消えまた一つ緑夜かな　七二
丹波には丹波のみどり旅三日　一二九
酸葉【すいば】（春）
すかんぽの揺れてゆらゆら産土は　一七
酸橘【すだち】（秋）
かぼす絞りかますにかけて夕餉とす　八二
きゅっと絞るカボスの香り臼杵の香り　二〇〇
蟬【せみ】（夏）
群れて立たず一撃ひびく朝の蟬　五〇
大きな木蟬といっしょに深呼吸　一二七
朝から蟬ヒロシマのながい一日　一九四
早春【そうしゅん】（春）
早春の空気ぴりりときみの声　八

た行

大寒【だいかん】（冬）
大寒や遠く消えゆく子守唄　二九
大寒や太く生きよと天の声　一八四
泰山木の花【たいさんぼくのはな】（夏）
泰山木白し先生お別れ会の帰途　一二七
茶の花忌【ちゃのはなき】（秋）
茶の花忌歩けば長い影を曳く　二〇一
月【つき】（秋）
月光のわが影この世淡く濃く　一〇六
つくつく法師【つくつくほうし】（秋）
つくつくぼうしいのち惜しめということか　一九七
椿【つばき】（春）
海柘榴市のつらつら椿山隠す　三三
露【つゆ】（秋）
禽獣のまなこ澄みゆく露の山　七七
露草【つゆくさ】（秋）
露草の朝の力をもらいけり　一九六
鶴【つる】（冬）
鶴は田に津軽縄文の匂い　一六七

天狼【てんろう】（冬）
天上のシリウス帰途の見えぬ旅　七
唐辛子【とうがらし】（秋）
朝採りは二つ万願寺唐辛子　一六九
冬至【とうじ】（冬）
八幡坂くだり冬至の海に会う　一四四
冬至近し湯気にふわふわ氏子衆　一七五
東北忌【とうほくき】（春）
まぼろしか土間に突っこむ軽トラック　四六
三月十日過ぎ十一日光の中　八九
冬眠【とうみん】（冬）
冬眠の蝦蟇にも届け不戦の声　二〇二
蟷螂【とうろう】（秋）
ひと休みの畦かまきりとにらめっこ　一三三
遠山の霜月祭【とおやまのしもつきまつり】（冬）
えいほうと竹曳いてくる山の民　一七四
呼べば木霊鬼も隠れる遠山郷　一七四
トントンと闇夜ふるわせ祈る禰宜　一七七
ヤッセーヤッセー鬼投げ返す山の民　一七九
人が人押し分け押し合うこの猥雑　一七九
谷底の闇をひきさく祭りの灯　一八〇
湯立ての炎もらって闇へ一歩出る　一八〇
海桐の花【とべらのはな】（夏）
とべらの花よ雨といっしょに濡れている　九六
トマト【とまと】（夏）
もぎたてのトマト両手に匂い立つ　五一
虎尾草【とらのお】（夏）
おかとらのお尾っぽは風に揺れやまず　七三
鳥帰る【とりかえる】（春）
鳥帰るこうろこうろと人は立ち　一八七
団栗【どんぐり】（秋）
どんぐり落ち縄文人の遠い声　一〇七
蜻蛉【とんぼ】（秋）
鬼やんま飛びこんでくる小海線　一九九

な　行

薺の花【なずなのはな】（春）
壊れた土地いくつぺんぺん草の道　四三
夏【なつ】（夏）
隕石に乗って帰還す夏の夢　四七
夏鳥居くぐれば誰も富士の人　六九
夏かもめ白秋の海掠め飛ぶ　九五
一本道は危うし夏の道裂かれ　一〇一

夏燕【なつつばめ】（夏）
富岡駅消え夏つばめ宙に消え　四五
夏の朝【なつのあさ】（夏）
鳥になれず少年歩く夏の朝　一五九
夏の海【なつのうみ】（夏）
夏海は死者の声渚に少女二人　四六
夏の雲【なつのくも】（夏）
夏雲に隠れコノハナサクヤヒメ　六九
夏の蝶【なつのちょう】（夏）
土在れば起こし揚羽くれば声かけ　一六
揚羽きて水の話をしてゆけり　四〇
「東日本大震災ここまで」とあり揚羽の道　四四
山の湯にあさぎまだらの来て止まる　四九
実朝の墓の前より黒揚羽　一五四
夏の月【なつのつき】（夏）
月涼し星のかけらのわれら散り　一八
夏の月ゆらゆらわたし寝てゆらゆら　一三
夏の波【なつのなみ】（夏）
真向えば夏の怒濤はどんとくる　四二
夏の星【なつのほし】（夏）
星涼しこの世の人は灯をともす　一六〇
夏の山【なつのやま】（夏）
木霊いくつヤマトタケルの青山河　四八
青山河声を挙げねばわれ在らず　七一
呼べば応えるこだまは幾重青信濃　九七
円空の美濃どこまでも青木霊　一〇一
おおかみの遠吠え木霊の青山河　一三四
夏めく【なつめく】（夏）
天人は留守夏兆す水平線　七〇
ななかまど【ななかまど】（秋）
旭川は霧の町ななかまどの実る街　一六五
七種【ななくさ】（しんねん）
せり・なずな土の匂いも粥の中　一八四
二月【にがつ】（春）
呪文の二月雄鶏を抱いてゆく　九
兜太先生遠く声する二月かな　一八七
二月尽【にがつじん】（春）
天命という言葉ふと二月尽く　一一五
葱【ねぎ】（冬）
葱刻む音のきこえる二階まで　一八五
合歓の花【ねむのはな】（夏）
合歓の花志乃と山陰線に揺れ　一三九

野遊【のあそび】（春）
野遊びの一人は空へ跳びあがり　一五二
凌霄の花【のうぜんのはな】（夏）
のうぜんの花は地の霊甲斐の国　四八
後の月【のちのつき】（秋）
しんがりを仔猫つきゆく十三夜　七七
兎の目よりも大きく十三夜　一三六
影踏んで踏まれて帰る十三夜　一六九

は　行

白菜【はくさい】（冬）
真夜厨房白菜ごろんひとりごと　二六
薄暑【はくしょ】（夏）
地に墜ちてにんげん歩く薄暑なり　四七
白露【はくろ】（秋）
手で掬う真水のひかり白露くる　七六
白露きて透きとおりゆく水の影　一六二
八月【はちがつ】（秋）
白いかもめ八月は歩いていった　一九
八月のかもめは海へ白く消え　七四
八月忌地底より湧く死者の声　一〇三
かくれんぼ八月の鬼海に消えず　一三一
八月ゆく白紙一枚だけ残る　一三三
鎮魂の八月いのちきゅっと抱く　一六一
八十八夜【はちじゅうはちや】（春）
橋わたりきって八十八夜かな　一九〇
初空【はつぞら】（新年）
初御空マリーローランサンの青　一四七
螇蚸【ばった】（秋）
青ばったバケツの底へ跳びこめり　一六一
初冬【はつふゆ】（冬）
初冬の海鯨が涙ながした日　一四二
花冷【はなびえ】（春）
花冷えの朝からひびく水の音　三四
浜昼顔【はまひるがお】（夏）
鎮魂の海浜昼顔はなにも言わず　四三
春【はる】（春）
天を突き地を突くややの春の顔　六三
春キャベツ笑いはじける皿の上　六六
人は海へ、人類はどこへゆく春か　六七
千年の闇少年は春を抱き　九〇
十五の春よ大空に手をふれて　九二
文覚の一喝春の滝おちる　一一九
どこへゆく七十六億人地球の春　一五二

春の蟻走りコロナなど知らず　一八八
かくばかり淋しき春の揺れており　一八八

春一番【はるいちばん】（春）
春一番のしっぽについてパスタ屋へ　九

春風【はるかぜ】（春）
井月の伊那春風をふくらます　三六

春寒【はるさむ】（春）
いっぱいが二はい三ばい春寒し　一一七

春の海【はるのうみ】（春）
大きな海よ差別こえゆく春の海よ　六一
人類はどこへ漕ぎゆく春の海　一九九

春の月【はるのつき】（春）
睡てからも春の満月屋根の上　三九

春の星【はるのほし】（春）
地のわれら春のシリウス光放つ　八八

春の水【はるのみず】（春）
シベリウス川は流れて春の水　六一
春の水からだいっぱいひろがりぬ　一二〇

春の山【はるのやま】（春）
あかんべえ鬼ふりかえる春の山　一四九

春の雪【はるのゆき】（春）
春の雪消えない記憶二つ三つ　八九

春待つ【はるまつ】（冬）
待つことのたのしさ春を待ちながら　一四八

春めく【はるめく】（春）
春うごく指で突かれてやじろべえ　三三
春うごくエリック・サティの曲ながれ　六七
木の囁き水の囁き春うごく　一五三

晩夏【ばんか】（夏）
星の子となって飛び跳ぶ晩夏光　一〇二
秩父晩夏椋神社へつづく道　一三五

半夏生【はんげしょう】（夏）
東より人きて話す半夏生　一五七

柊の花【ひいらぎのはな】（冬）
柊の花海鳴りは遠く近く　一四一

蜩【ひぐらし】（秋）
かなかなのあい呼び鳴くも穢土のこと　一八
十一面観音とかなかなに呼ばれ　一二八
泥の手を水で洗って夕かなかな　一三三
かなかなかなかな谷戸の灯りまた一つ　一九五

雛祭【ひなまつり】（春）
この世聴く目をみひらいて雛の顔　六二

雲雀【ひばり】（春）
雲雀墜ち一滴の血は地に滲む　一〇

枇杷の花【びわのはな】（冬）
凡人のひと日は疾し枇杷の花　二五
みな西へかたむき歩む枇杷の花　一一〇
蕗の薹【ふきのとう】（春）
いつ採ってきたのか笊の蕗の薹　三三
九谷焼の皿にふきのとう三つ　一八六
嚙めばぷーんと天麩羅のふきのとう　一八六
梟【ふくろう】（冬）
裏山のふくろう山へ来いという　一一〇
二日【ふつか】（新年）
娘ふたりの声のころがる二日かな　二九
次女の弾くピアノはじける二日かな　八七
冬【ふゆ】（冬）
乳房二つ土偶は冬へ口ひらく　五六
野上弥生子の臼杵だれも冬の影　八四
俳諧自由地べたを跳んで冬の穴　一二四
オルガンひびく廃校の冬廊下　一七五
冬影を曳く逃散の五、六人　二〇二
冬籠【ふゆごもり】（冬）
鶴女房の絵本を抱いて冬ごもり　一一四
冬の空【ふゆのそら】（冬）
突き抜ける冬青空よ地球病む　三〇
冬天の光キリストより青く　一七三
冬の月【ふゆのつき】（冬）
冬満月裏山おうと歩きくる　五四
冬の日【ふゆのひ】（冬）
遠つ神呼び合う声に冬日射す　一七六
冬の星【ふゆのほし】（冬）
冬天の星の光をうけて寝る　二〇三
冬銀河イマジンのうた今を問う　二〇三
冬銀河死は遠くとも近くとも　二〇四
冬の夜【ふゆのよ】（冬）
氏子舞う大きく冬の夜を呼び　一七七
天から降りてきた神と舞う冬夜　一七八
ポインセチア【ぽいんせちあ】（冬）
ポインセチア春楡の樹は暮れました　一四四
朴の花【ほおのはな】（夏）
長楽寺界隈朴は天へ咲く　三
朴の花ことばをもたぬこと羨し　一二二
蛍【ほたる】（夏）
紗菜ちゃんと呼んで蛍をみにゆく夜　一二六

ま行

豆撒【まめまき】（冬）
福は内「天に花咲け地に実なれ」　三

曼珠沙華【まんじゅしゃげ】（秋）
曼珠沙華農民一揆のゆきし道　一三四
消えた村畦いちめんの曼珠沙華　一九

短夜【みじかよ】（夏）
短夜は星にねがいの届くほど　六八
短夜や朝につながる夢ひとつ　一五七

水澄む【みずすむ】（秋）
鳥影のいっしゅん北へ水澄めり　七六

三日【みっか】（新年）
立ち止まることも大事と三日かな　五九
熊野より干物が届く三日かな　一八三

麦の秋【むぎのあき】（夏）
千曲川ぐいと南へ麦の秋　三
でいらぼっちの足跡ひとつ麦の秋　九七
麦の秋縄文人の土匂う　一二四

鼯鼠【むささび】（冬）
天狗山むささびはまだ寝ているか　一〇七

虫【むし】（秋）
虫鳴けり屯田兵の声遥か　二〇
虫の音を踏まないように闇の道　七五
産土の地底より湧く昼の虫　一三七

名月【めいげつ】（秋）
核の世の十五夜兎なにをみる　一〇六

木犀【もくせい】（秋）
金木犀まっすぐに来る異邦人　二〇〇

鵙【もず】（秋）
いっしゅんの百舌鳥金沢文庫裏暗し　一四一

黐の実【もちのみ】（秋）
糯の木の赤い実臼杵の朝ながれ　八三

紅葉【もみじ】（秋）
智恵子の安達太良どこまでも紅燃えて立つ　七八

や行

藪蘭【やぶらん】（秋）
やぶらんそよそよ秩父への一本道　一三三

山桜【やまざくら】（春）
二人棲む家をのぞいて山ざくら　九三

山眠る【やまねむる】（冬）
宇宙から寺田寅彦山眠る　一四八

山吹【やまぶき】（春）
きょう生きて山吹の黄に会うよ　二二
山法師の花【やまぼうしのはな】（夏）
山法師白くぴちぴち眠たいぞ　一五
雪柳【ゆきやなぎ】（春）
千本丸太町揺れている雪柳　三七
百合【ゆり】（夏）
山百合をゆさゆさ抱いて朝の人　一五九
夜桜【よざくら】（春）
宇宙のこと友はぽつりと桜の夜　一〇
山気ながれ夜桜は水の塊　六五
異星人まぎれていたり桜の夜　一五〇
夜長【よなが】（秋）
立ったまま馬は目ひらき長き夜　三

ら行

立夏【りっか】（夏）
立夏・小満・芒種天地のはじけくる　一五
立秋【りっしゅう】（秋）
田村書店の主人が来たり秋立つ日　一六〇
風呂敷をひろげて包むけさの秋　一九八
立春【りっしゅん】（春）
春よ来い一番星に乗って来い　五九
春立てり青い地球よわれも光り　六〇
春立てり地下水脈のひびく音　八七
春立てりあしたゴドーに会えますか　一四九
立冬【りっとう】（冬）
道化師が消す立冬の影ひとつ　八〇
神保町古書の匂いの冬に入る　一七一
立冬の不動明王多摩に立つ　一七二
流星【りゅうせい】（秋）
流れ星南へみんな夢の中　一六二
竜の玉【りゅうのたま】（冬）
竜の玉もっとかがやく日もあれよ　八一
地に墜ちて天使の裔か竜の玉　一四三
竜胆【りんどう】（秋）
山りんどう地を這って地に光撒き　二〇一
六月【ろくがつ】（夏）
六月のかもめを抱いて来る少年　一五六

わ行

若葉【わかば】（夏）
あつあつの朝湯ざんぶり谷若葉　一三

素でいこう素で居るひと日若葉風　四〇
がらんどうの窓から入る若葉風　四四
若葉風胸いっぱいに受けて立つ　六八
ほどほどがよし朝からの若葉風　九四
夢ひとつ手のひらに乗せ若葉風　一九一
新しい人若葉の光つれてくる　一九一
とんがったことなど忘れ若葉風　一九二

山葵の花【わさびのはな】（夏）

熱燗を一本わさびの花おひたし　九六

無季

海王星よりも遠くへ悟朗さん　四一
にんげんは水の塊影を曳く　五四
手に掬う富士伏流水光のつぶ　七〇
太陽系の外から届く水の音　七二
なぜかポツリ嫁入りという狐雨　一〇〇
永遠が貌だしているコーヒー店　一一三
此の世へと母の大きなおくりもの　一三〇

令和俳句叢書

句集　地気　ちき

二〇二一年九月二〇日第一刷

定価＝本体二八〇〇円＋税

●著者――酒井弘司

●発行者――山岡喜美子

●発行所――ふらんす堂

〒一八二―〇〇〇二東京都調布市仙川町一―一五―三八―二F

TEL〇三・三三二六・九〇六一　FAX〇三・三三二六・六九一九

ホームページ　http://furansudo.com/　E-mail info@furansudo.com

●装幀――和　兎

●印刷――日本ハイコム株式会社

●製本――株式会社松岳社

落丁・乱丁本はお取替えいたします。

ISBN978-4-7814-1384-6 C0092 ¥2800E